KB236324

꽃니

꽃니

어르신 이야기책 _215 중간글

꽃니

초판 1쇄 발행일 2023년 2월 20일

지은이 김택근
그린이 김영희
펴낸이 이원중

펴낸곳 지성사 출판등록일 1993년 12월 9일 등록번호 제10-916호
주소 (03458) 서울시 은평구 진흥로 68, 2층
전화 (02) 335-5494 팩스 (02) 335-5496
홈페이지 www.jisungsa.co.kr 이메일 jisungsa@hanmail.net

© 김택근 · 김영희, 2023

ISBN 978-89-7889-521-7 (03810)

잘못된 책은 바꾸어 드립니다. 책값은 뒤표지에 있습니다.

어르신 이야기책 _215 중간글

꽃니

김택근 글 · 김영희 그림

지성사

차례

가발

언덕 위 예배당에 교복 차림의 소녀들이 하나둘
모여들었습니다.

주일이 아닌데도 예배당 종소리가 우렁찼습니다.

뜰에는 라일락꽃이 피어 있었습니다.
꽃향기가 싱그러웠습니다.

소녀들이 예배당 안을 가득 채웠습니다. 연단에는
목사님이 아닌, 양복을 빼입은 멋쟁이 선생들이
서 있었습니다.

선생들은 손에 처음 보는 것을 들고 있었습니다. 바로
가발이었습니다.

그들은 가발 만드는 기술자를 구하러 전국 방방곡곡을
찾아다닌다고 했습니다.

가발은 1960년대 후반 우리 경제의 효자상품이었습니다.

내다 팔 것이 없는 가난한 나라에서 가발은 여인의
손끝에서 피어난 수출의 꽃이었습니다.

서울에서 온 신생들은 소녀들에게 '기발 기술'을
가르쳤습니다.

그들은 하나같이 얼굴이 하얗고, 무척 친절했습니다.

그들이 타고 온 까만 차가 예배당 뜰에 서 있었습니다.

차는 햇볕을 받아 번쩍거렸습니다. 뜰에 피어 있는

꽃보다 더 눈이 부셨습니다.

방과 후 읍내에서는 좀체 여학생을 구경할 수

없었습니다. 모두 가발 기술을 배우러 예배당에 모였기

때문이었죠.

소녀들은 노을이 내리고도 한참 후에야 예배당 언덕을

내려왔습니다.

중학교 졸업반 누나도 해 질 녘에야 돌아왔습니다.
벌써 닷새째입니다.

"서울 선생님이 나보고 손재주가 좋다고 했다. 나 뽑힐
것 같아."

누나가 밥상머리에서 식구 모두 들으라고 자랑을
했습니다.

"무슨 기술인데 그렇게 금방 싹수가 있다는 것을
알아챈다냐?"

누나의 잘난 체에 어머니가 편잔을 섞어 물었습니다.

“응, 가발은 머리카락으로 바느질하는 거여.
머리카락으로 수를 놓는다고 생각하면 되지. 매듭을
잘 짓는 것이 기술이래.”

누나는 들떠 있었습니다. 서울의 가발공장에 취직할
것이라고 믿고 있었습니다.

서울에는 종업원이 천 명도 넘는 가발공장이 있다고
들었습니다. 가발 수출이 워낙 잘돼서 돈을 갈퀴로
긁는다는 얘기도 퍼져 있었습니다.

서울 선생들은 낮에는 일하고 밤에는 공부할 수 있게 해주겠다고 했습니다. 그렇다고 다 취직시킬 수는 없다고 했습니다.

손재주가 있고 성실한, 즉 앞으로 훌륭한 기술자가 될 수 있는 학생들만을 미리 선발한다고 했습니다.

소녀들은 눈을 반짝이며 열심히 배웠습니다.

누나 또한 누구에게도 지지 않으려고 했습니다.

누나는 곧잘 서울 선생들에게 칭찬을 들었다며
자랑을 했습니다.

그렇게 늘 수다를 떨던 누나가 그날은 왠지
차분했습니다. 식구들이 의아해서 누나 표정을
살폈습니다.

이윽고 누나가 작은 소리로 말했습니다.

"근데 엄마, 내일부터 진짜로 연습한대. 가발 하나를
만들어보는 거야. 그래서 긴 머리카락을 구해 오랬어."

식구들이 누나와 어머니 얼굴을 번갈아 쳐다봤습니다.
집에서는 어머니만이 쪽 진 긴 머리였습니다.

"긴 머리가 어디 있다냐……. 내 머리를 자른다면
몰라도."

아무도 그 말에 대꾸할 수 없었습니다. 방 안에 숟가락질
소리만 들렸습니다.

이윽고 아버지가 나섰습니다.

“무슨 소리냐. 머리가 없으면 기술을 못 배운다더냐.
무슨 그런……”

그러면서도 아버지는 끝말을 흐렸습니다. 누나는
아무 말도 못 하고 고개를 숙였습니다.

어머니는 그날 밤, 비녀를 뽑고 쪽 진 머리를
풀었습니다. 그리고 머리를 잘랐습니다.

결혼 이후 한 번도 자르지 않았던 머리였습니다.

어머니는 자른 머리카락을 몇 번 쓰다듬고는 바르다 남은
창호지에 쌌습니다.

이를 훔쳐보고 있던 누나가 방 안을 뛰쳐나가더니
동구 밖에서 한참을 서성거리다 들어왔습니다.

그날 밤, 누나는 잠을 이루지 못했습니다. 가끔 한숨을
쉬었습니다.

막상 어머니 머리카락으로 실습을 해야 한다니 여러 가지
생각이 밀려들었나 봅니다. 서울로 간다는 것이 설레면서도
두려웠을 겁니다.

누나가 곧 떠나간다고 생각하니 나도 속에서 무언가가
치밀어 올라왔습니다.

누나가 갑자기 나를 껴안았습니다. 나는 누나 품에서
울고 말았습니다.

큰방에서도 아버지의 코 고는 소리가 들려오지
않았습니다. 대신 가끔 헛기침 소리가 들려왔습니다.

아버지도 그리고 어머니도 잠을 이루지 못하고
있었습니다.

식구들은 누나가 가발공장 직원으로, 미래의 기술자로 꼭 뽑힐 것이라 믿었습니다.

누나는 손재주가 비상했습니다. 이웃 사람들은 어머니를 닮아서 그렇다고 했습니다. 그런 생각을 하니 슬픈 마음이 다소 가셨습니다.

이튿날, 누나는 어머니 머리카락을 가방에 넣고 학교에 갔습니다.

방과 후 언덕 위 예배당에는 소녀들이 모였습니다. 모두 어머니의 머리카락을 잘라 왔습니다. 각자 이름을 써서 제출했습니다.

머리카락이 한 수레를 채울 만큼 쌓였습니다. 서울
선생들도 이를 보며 흐뭇하게 웃었습니다.

선생들은 내일부터 진짜 가발을 만들어볼 것이라고
했습니다. 그 가발이 가발공장 취직 시험이나
다름없다는 말도 했습니다.

다음 날도 소녀들은 씩씩하게 언덕 위 예배당으로
모여들었습니다.

그런데 어쩐 일인지 예배당 종소리가 울리지 않았습니다.
그리고 예배당 안에 서울 선생들이 보이지 않았습니다.
뜰에 세워둔 까만 승용차도 없었습니다.

하얀 미소를 머금었던 서울 선생들은 읍내 어머니들의 머리카락을 싣고 어디론가 사라졌습니다.

당시에는 긴 머리카락이 귀해서 어머니들의 머리를 잘라서 팔면 쌀 다섯 말을 살 수 있었습니다.

그들은 나타난 지 딱 일주일 만에 모습을 감췄습니다.

어머니들은 일제히 머리에 수건을 둘러썼습니다.

잘 때도 수건을 풀지 않았습니다.

단발머리 어머니들은 한동안 거울을 보지 않았습니다.

라일락꽃이 필 때쯤이면 어머니의 흰 수건과

누나의 슬픈 얼굴이 떠오릅니다.

꽃
니

"꽃니가 왔다!"

누군가 소리치면 아이들이 우르르 몰려갔습니다.

꽃니는 늘 머리에 꽃을 꽂고 있었습니다.
꽃처럼 예뻤습니다.

꽃니네 집이 어디인지는 아무도 몰랐습니다. 하지만
화천리에서 넘어온 것은 분명해 보였습니다.

본 사람도 있었습니다. 화천리(花川里)는 마을 옆 냇가에
꽃이 흐드러지게 피어나서 그리 불렀습니다.

28

읍내의 봄은 화천리에서 넘어왔습니다.

꽃니는 늘 방실방실 웃었습니다. 해마다 꽃피는 봄이
오면 마을에 나타났습니다.

이집 저집에서 밥을 얻어먹으며 지내다가 들녘이
텅 비고 찬 바람이 불면 사라졌습니다.

나이는 정확하게 알 수 없었습니다. 꽃니가 왜 미쳤는지,
봄이 오면 왜 마을에 나타나는지도 알 수 없었습니다.

누군가를 좋아했는데 그 마음을 알아주지 않아서
그리됐다는 애기도 있고, 전쟁 끝에 아버지가 맞아 죽는
것을 보고 그만 돌아버렸다는 애기도 있었습니다.

아이들은 꽃니 뒤를 졸졸 따라다녔습니다.

짓궂은 녀석은 막대기로 꽃니의 치마를 올리기도
했습니다. 그때마다 하얀 허벅지가 보였는데 눈처럼
희었습니다. 누나들의 속살이 그렇게 흰 줄 그때
알았습니다.

"꽃니야 꽃니야, 신을 벗어라."

"꽃니야 꽃니야, 옷을 벗어라."

아이들이 그렇게 놀려도 웃기만 했습니다.

산과 들과 골목을 쏘다니다 밥 먹을 때가 되면 아무 집에나 들어갔습니다. 꽃니는 밥 먹을 때를 정확하게 알았습니다. 그러면 어느 집에서도 꽃니에게 밥을 차려주었습니다.

어머니들은 꽃니를 한 식구처럼 대했습니다. 얼굴에 더러운 것이 묻어 있으면 깨끗이 씻겼습니다.

어머니들보다 훨씬 덩치가 큰데도 쪼그려 앉아 코를
풀라 하면 팽! 하고 풀었습니다. 그렇게 꽃니를 씻기다가
어떤 어머니는 자신의 코를 풀며 눈시울이 빨개졌습니다.

어느 날, 갑자기 꽃니가 사라졌습니다. 가을이 되지도
않았는데 꽃니가 보이지 않았습니다. 늦봄이나 초여름쯤
되었을 겁니다.

꽃니가 사라지자 마을이 텅 빈 듯했습니다. 어른들도
모이면 꽃니 애기를 했습니다.

"무슨 일은 없겠지."

"글쎄, 어디에 있든지 큰일은 없어야 할 텐데……."

꽃니는 보리타작을 할 때쯤 다시 나타났습니다. 한 달
만에 다시 본 꽃니는 많이 변해 있었습니다. 얼굴에서
웃음이 사라졌습니다.

아이들이 다가가면 도망갔습니다. 골려주려고 쫓아가면
땅바닥에 주저앉아 얼굴을 무릎에 묻어버렸습니다.

확실히 예전 모습이 아니었습니다. 꽃니에게 무슨 큰일이
있었던 것입니다. 마을 어른들의 표정이 어두워졌습니다.

꽃니의 배가 불러왔습니다. 아이를 가진 것이었습니다.

모두 놀랐습니다. 어른들은 팔을 걷어붙이며 욕을
해댔습니다.

"어떤 놈이 그랬는지 그냥 안 둘 거야. 죽일 놈."

우리는 아버지들이 왜 꽃니를 그렇게 감싸는지
의아했습니다. 어머니에게 왜 꽃니만 보면 그리도
잘해주느냐고 물었습니다. 어머니는 안색이 변하면서
입을 다물었습니다. 무슨 사연이 있었습니다.

그러던 어느 날, 하늘에 별들이 총총하게 박힌 여름밤에
어머니는 비로소 그 사연을 애기해 주었습니다.

"그러니까…… 꽃니는 우리 모두의 딸이라고 할 수
있지. 아버지가 그 유명한 짝귀 양반이란다. 이름은 너도
들었을 게다. 귀가 짝짝이어서 짝귀 양반이었지.
그 양반이 없었으면 너희들도 없었을 거야."

꽃니 아버지가 없었으면 우리도 없었다는 밀을
처음에는 알아듣지 못했습니다. 그러다가 어머니
이야기가 끝나갈 즈음에 그 뜻을 알았습니다.

짝귀 아저씨는 날품팔이로 근근이 살아갔습니다.
심성은 순했지만, 술과 노름을 좋아했습니다.

마누라는 딸 하나를 낳고 도망쳤습니다. 가난한 살림과 남편의 술주정을 이겨내지 못했답니다.

짝귀 아저씨는 해가 서산에 걸리면 어김없이 취해서 아무에게나 시비를 걸었습니다.

마을 사람들은 짝귀라는 말만 들어도 인상을 찌푸렸습니다. 그러면서도 딸아이는 끔찍하게 챙겼답니다.

6·25 전쟁이 터졌습니다. 북에서 내려온 인민군이 마을을 장악했습니다. 국민(초등)학교 국기 게양대에 인공기가 펄럭였습니다. 세상이 바뀐 것입니다.

머슴살이하거나 기죽어 살던 사람들이 떼로 몰려다니며
닥치는 대로 빼앗고 아무나 때렸습니다.

그 맨 앞에 짝귀가 있었습니다. 완장을 차고 몽둥이를
들고 마을을 휘젓고 다녔습니다. 짝귀가 나타나면
모두 공포에 떨었습니다. 짝귀의 세상이나 다름이
없었습니다.

벼가 고개를 숙이기 시작하는 초가을이었습니다.
이른 아침, 짝귀가 이집 저집을 분주하게 돌아다녔습니다.
마을의 사내들에게 국민학교 운동장으로 나오라고
일렀습니다.

운동장에는 모두 스무 명이 넘게 모였습니다. 인민군들이
사내들을 헤아려보고는 짝귀를 향해 손짓했습니다.

짝귀가 큰 소리로 외쳤습니다.

"다들 모였으니 나를 따라오시오."

짝귀는 사내들을 교실로 데려갔습니다. 마침 일요일이라
교실은 텅 비어 있었습니다. 짝귀는 교단에 올라서서
사내들을 빤히 내려다보았습니다.

"왜 여기 모이라고 했는지 나도 모르겠네."

짝귀는 자신도 이상하다며 교실을 나갔습니다.

창문으로 운동장을 내다보니 아이들은 보이지 않고 인민군들만 분주하게 오갔습니다. 불길한 생각이 들었습니다.

교실 문 앞은 총을 든 인민군이 지키고 있었습니다. 누군가 겁에 질린 목소리로 말했습니다.

"저놈들이 우리를 다 죽이려나 보네."

"맞아, 우리를 죽이고 내뺄 모양이여."

다들 죽음을 떠올리고 있었지만, 막상 그 말을 들으니 공포감이 밀려들었습니다. 소리 죽여 우는 사람도 있었습니다.

웅성거리는 소리가 들리자 교실 문이 열리며 짝귀가 나타났습니다.

“동무들, 조용히 하라우.”

짝귀는 말투까지 인민군을 닮아 있었습니다.

“어이 짝귀, 아니 응섭이, 아니 응섭이 대장. 설마 우리

죽이는 것은 아니지?”

누군가 짝귀의 본이름까지 부르며 비위를 맞췄습니다.

“내가 어떻게 아나. 죽으라면 죽어야지. 난 시키는

내로 할 뿐이고만.”

밤이 깊어가고 사내들은 하염없이 갇혀 있었습니다.

창으로 새벽 달빛이 들어왔습니다. 사내들은 춥고 배가

고팠습니다.

모두 지쳐 졸고 있을 때였습니다. 인기척이 났습니다.
모두 바짝 귀를 세웠습니다. 짝귀였습니다.

짝귀는 교실 문을 살그머니 열고 들어왔습니다. 낫을 들고
있었습니다. 달빛에 낫이 번쩍거렸습니다.

짝귀에게서 피 냄새가 났습니다. 배가 고파서 예민해진
사람들은 금방 그 피비린내를 맡았습니다.

짝귀가 낮은 소리로 다급하게 말했습니다. 사내들은
어쩔 줄을 모르고 짝귀만 쳐다봤습니다.

"이보시오, 밖으로 나갑시다. 여기 있다가는 다 죽어."

사내들은 어쩔 줄을 모르고 짝귀만 쳐다봤습니다.

"인민군 보초는 내가 처리했고만. 나를 따라오라고."

그제야 짝귀를 따라나섰습니다.

밖으로 나오니 새벽 추위가 살갗을 파고들었습니다.
사내들은 두려움에 몸이 더 떨렸습니다.

짝귀는 마을이 아닌 뒷산으로 길을 잡았습니다.
산 고개를 넘어서자 동굴이 나타났습니다. 짝귀가
따라오라는 손짓을 하고 먼저 동굴로 들어갔습니다.

　사람들이 머뭇거렸습니다. 짝귀가 뒤돌아보며 다급하게
소리쳤습니다.

　"들키면 다 죽어. 얼른 들어오라고."

　사내들이 굴속으로 들어갔습니다. 그제야 짝귀가
사내들에게 말했습니다.

　"날이 밝으면 인민군이 다 죽인다고 해서 서둘렀어.
인민군이 오늘 북으로 물러간다고 했고만. 마을로
내려가도 위험해. 다 뒈질 테니 여기가 안전하다고.
여기서 오늘 하루만 버티면 살 수 있어."

굴 안이라서 짝귀의 목소리가 울렸습니다. 누군가가
짝귀의 손을 잡았습니다.

"어이 짝귀, 고맙네. 우린 자네 손에 죽는 줄 알았네."

"그런 얘기는 나중에 하라고. 내가 나쁜 놈이라는 것은
내가 잘 알지. 그렇다고 동네 사람을 죽일 것인가."

짝귀는 산에서 내려갔습니다. 사내들은 굴 안에서
하루를 보냈습니다. 그리고 그날 밤에 인민군이
빠져나간 마을로 내려왔습니다.

인민군이 물러나고 국군이 들어왔습니다. 이번에는
운동장에 태극기가 펄럭였습니다.

국군은 인민군에 협력한 사람들을 찾아냈습니다.
인민군을 도왔던 사람들은 모두 운동장에 끌려와
무릎을 꿇었습니다.

그 맨 앞에 짝귀가 있었습니다.

마을 사람들은 짝귀 때문에 사내들이 살아났다며
용서해 달라고 애원했습니다. 그러나 국군과 그들을 돕는
청년들은 냉담했습니다.

"짝귀 저놈 몽둥이에 맞은 사람이 얼마나 많은데,
저놈은 꼭 몽둥이맛을 봐야 해."

청년들은 몽둥이로 짝귀를 내리쳤습니다. 피투성이가
되었어도 몽둥이질을 멈추지 않았습니다.

그때 짝귀는 한 곳만 바라봤습니다. 바로 딸
꽃니였습니다.

그렇게 맞으면서도 꽃니만을 쳐다봤습니다. 차마 꽃니를
두고 갈 수 없었을 것입니다.

또 다른 한편으로는 마을 사람들한테 꽃니를
보살펴 달라는 마지막 부탁이었을 것입니다.

결국 몽둥이를 휘두르던 짝귀는 몽둥이로 얻어맞아
죽고 말았습니다.

꽃니는 그날 이후 마을 사람들이 거둬 먹였습니다.

피붙이라고는 화천리에 사는 고모 하나뿐이었습니다.
아버지를 그렇게 떠나보냈으니 꽃니가 정상적으로 자랄
수는 없었겠지요.

아버지가 떠난 후 꽃니는 아무 때나 웃었습니다.

이야기를 마친 어머니는 내 머리를 쓰다듬었습니다.

"네 아버지도 그렇게 살아났단다. 너를 전쟁이 끝나고 몇 년 뒤에 낳았으니 짝귀 아저씨가 없었으면 너도 없었어."

얼마 뒤, 꽃니 배 속의 아버지가 누구란 것이 밝혀졌습니다. 화천리 가는 길가 주막에서 싸움을 일삼는 건달이었습니다. 주막 골방에 꽃니를 한 달 동안 가뒀다는 것도 밝혀졌습니다.

마을 사람 모두가 씩씩거렸습니다. 몽둥이 하나씩을 들고 몰려갔습니다.

사람들은 다짜고짜 건달을 마당으로 끌어내
내리쳤습니다. 건달은 살려달라고 비명을 질렀습니다.

그때 어떻게 알았는지 꽃니가 나타났습니다. 달려가
쓰러져 있는 건달을 감싸 안았습니다. 그러더니 무릎을
꿇고 빌었습니다. 제발 때리지 말라고…….

마을 사람 모두 그런 꽃니를 물끄러미 바라봤습니다.

그해 겨울 초입, 꽃니는 부른 배를 감싸 안고 마을을
떠났습니다. 바람이 겁나게 부는 날이었습니다.
마을 사람들은 꽃니가 보이지 않을 때까지 지켜봤습니다.

그 후 화천리로부터 봄은 넘어왔지만, 꽃니는 넘어오지
않았습니다.

꽃향기가 퍼지면 꽃니가 떠오릅니다.